A BOGEYMAN CUENTO
IN ENGLISH AND SPANISH

¡EL CUCUY!

As told by JOE HAYES • Illustrated by Honorio Robledo

Who hasn't heard of *el viejo Cucuy*? Some call him *el Cucuy de la mañana*; some call him *el abuelo*. Some say he looks like a shaggy black bear; some say he looks like a giant.

But the ones who know best say el Cucuy is an old man with a back as crooked as a bent cedar branch. He lives in a cave in the mountains. His right ear looks just like everyone else's, but his left ear is big and red, and with it he can hear everything.

El Cucuy knows when children aren't behaving themselves. Sometimes he comes down from his cave in the mountains to carry bad children away.

¿Quién no ha oído hablar del viejo Cucuy?
Algunos lo llaman el Cucuy de la mañana; otros el Abuelo. Algunos dicen que se parece a un oso negro y peludo; otros dicen que es como un gigante.

Pero aquellos que saben mejor dicen que el Cucuy es un viejo encorvado con la espalda tan torcida como la rama chueca de un sabino. Vive en una cueva en la sierra. Tiene la oreja derecha como la de cualquiera, pero su oreja izquierda es grande y roja y con ella puede oírlo todo.

Cuando los niños no se portan bien, el Cucuy lo sabe. A veces baja de su cueva en la sierra para llevarse a los niños traviesos.

In many mountain villages they tell about three sisters who lived back in the old days. Their mother had died and their father was raising the girls all by himself.

The youngest girl was very helpful. She kept the house clean and had supper ready for her father when he came home from work. But the two older girls were lazy. They didn't do a thing to help out.

"Why do you work all the time?" the big sisters said. "Come outside and play."

The little sister would answer, "I'm just trying to make things a little bit easier for our father. It's hard for him, raising three girls all by himself."

"Oh, you're such a goody-goody," they would say. "Go ahead and work all day. We're going to stay outside and play."

En muchos pueblos de la sierra se cuenta de tres hermanitas que vivían en los tiempos ya pasados. La madre de las niñas había muerto y el padre las criaba solo.

La más chiquita era muy trabajadora. Mantenía la casa limpia y tenía la cena lista para cuando el padre regresaba del trabajo. Pero las dos hermanas mayores eran muy flojas. No ayudaban en nada.

—¿Por qué trabajas todo el tiempo? —decían las mayores—. Sal a jugar aquí afuera.

La menor respondía: —Nomás quiero ayudar un poco a papá. Es muy duro para él, criar a tres hijas sin ayuda.

—¡Tú eres tan santucha! —decían—. Anda, quédate ahí trabajando todo el día. Nosotras salimos a jugar.

4

Sometimes when the man got home in the evening and saw that his older daughters had done nothing but play all day, he said, "You lazy girls! One of these days I'm going to call el Cucuy on you."

"Oh, Papá," they answered, "you wouldn't call el Cucuy on your own daughters, would you?" Then they would go away and whisper to each other, "There's no such thing as el Cucuy. That's just something parents made up."

6

A veces, cuando el papá regresaba a casa en las tardes y veía que las grandes no habían hecho nada más que jugar todo el día, les decía: —¡Oigan niñas sinvergüenzas! Algún día de estos voy a llamar al Cucuy, para que venga por ustedes.

—Ay, papá —respondían—. No serías capaz de hacer eso, ¿verdad?

Y luego se iban, secreteándose: —El Cucuy no existe. Es algo que inventaron los papás, nomás.

One day the older girls not only wouldn't help their little sister, they did everything they could to make her work harder. When she was trying to sweep the floor, they took the ashes from the fireplace and threw them all over the room. Later, when she was washing her father's clothes, the older sisters tied knots in the wet shirts. The younger girl couldn't get the knots out.

When the man got home that evening and found out what had been going on, he said, "This time I really am going to call el Cucuy on you."

Un día, las mayores no sólo se negaron a ayudar a la pequeña, sino que hicieron todo lo posible para dificultarle el trabajo. Cuando trató de barrer el piso, las hermanas sacaron las cenizas de la chimenea y las desparramaron por todo el cuarto. Más tarde, cuando la chiquita estaba lavando la ropa de su padre, las mayores hicieron nudos en las camisas mojadas. La menor no los pudo deshacer.

Esa tarde, cuando el hombre llegó a casa y supo lo que había pasado, dijo: —Ahora sí voy a llamar al Cucuy para que venga por ustedes.

He grabbed the two girls by the arm. He turned toward the mountains and called out, *"¡Cucuy! ¡Cucuy! Baja para llevarte a estas malcriadas."* Come and get these bad girls.

The girls stood looking at each other and trembling. But nothing happened. Then they whispered, "It's like we've always said. There's no such thing as el Cucuy."

And they made up a game, chasing each other around the house hollering, "Cucu-u-u-uy, Cucu-u-u-uy!"

Agarró a las dos niñas por el brazo y las llevó afuera. Volteó hacia las montañas y gritó: —¡Cucuy! ¡Cucuy! Baja para llevarte a estas malcriadas.

Las niñas se quedaron pasmadas, mirándose y temblando. Pero no pasó nada. Luego susurraron: —¿Ya ves? Es como siempre decíamos. El Cucuy no existe.

Entonces inventaron un juego, corriendo alrededor de la casa, burlándose y gritando: —¡Cucu-u-uy, Cucu-u-uy!

But that evening when the sun was setting and the sky was bright red with the sunset, down from the mountain came el Cucuy. His big red ear was glowing in the evening light.

He came into the village and everyone ran to hide, but he went on down the road until he came to the girls' house. He walked inside and picked the two sisters right up from the supper table and carried them away.

Pero esa misma tarde, cuando el sol se ponía y el cielo estaba pintado de un rojo encarnado, el Cucuy vino bajando de la sierra. Su enorme oreja colorada brillaba en la luz del atardecer.

Entró en el pueblo y todo el mundo corrió a esconderse, pero el Cucuy caminó cojeando directamente a la casa de las niñas. Entró a la cocina, levantó a las dos hermanas de la mesa donde estaban cenando y se las llevó.

They cried and begged him to let them go, but even though el Cucuy could hear everything with his big red ear, he didn't seem to be hearing a thing. He pulled them along beside him. Their dresses got torn on the cactus. Their legs were all scratched and their faces were covered with dust. The tears made little rivers through the dirt on their cheeks. He carried them to his cave in the mountains and put them in the deepest part.

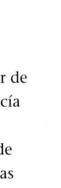

Las niñas lloraban y le rogaban que las soltara, pero a pesar de que el Cucuy podía oír todo con esa orejona roja, ahora no parecía oír nada. Las llevó arrastradas. Sus vestidos se arruinaban en los cactus. Sus piernitas quedaron todas arañadas y sus caras cubiertas de polvo. Las lágrimas hicieron arroyitos por la tierra de sus mejillas. Las llevó a su cueva en la sierra y las encerró en la parte más honda.

The days passed by so slowly, and the girls sat in the cave hugging each other and saying, "Won't we ever get home again? Won't we ever see our father and our good little sister again?"

If el Cucuy would hear them, he would poke his head into their room and growl, "Your father and your little sister are glad to be rid of you."

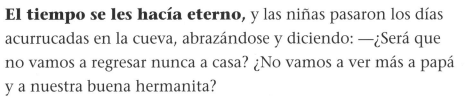

El tiempo se les hacía eterno, y las niñas pasaron los días acurrucadas en la cueva, abrazándose y diciendo: —¿Será que no vamos a regresar nunca a casa? ¿No vamos a ver más a papá y a nuestra buena hermanita?

Cuando el Cucuy les oía hablar así, asomaba la cabeza y gruñía: —Su padre y su hermanita están muy contentos de no tener que lidiar con ustedes.

17

But he knew it wasn't true. He could hear everything and he knew that after work the girls' father spent every evening in the mountains, looking for el Cucuy's cave. He hadn't slept a wink since his daughters had been carried away.

Pero sabía que eso no era cierto. Pues, oía todo y sabía que después que terminaba el trabajo, el padre pasaba todas las tardes en la sierra, buscando la cueva del Cucuy. No había pegado un ojo desde que el Cucuy se había llevado a sus hijas.

And then one day a boy from the village took his family's goats up the mountainside to eat grass. Before he mounted his burro to start for home at the end of the day, he counted the goats to make sure he had them all, and one was missing. He started on up the mountain looking for the missing goat.

From time to time he would stop to listen, and once when he stopped, he heard the goat bleating. He followed the sound and it grew louder and louder. And then he spotted the goat with its foot caught in a crack in the rocks.

Luego sucedió un día que un pastorcito llevó sus cabras a la montaña a pastar. Al final del día, antes de montar en el burro para regresar a casa, contó las cabras para asegurarse de que estaban todas, y vio que faltaba una. Se fue cuesta arriba, buscando la cabra perdida.

De cuando en cuando se detenía a escuchar, y una vez que paró, oyó el balido de la cabra. Se guió por el sonido, que se hacía cada vez más fuerte, hasta que vio a la cabra con una pata atrapada en la rendija de una roca.

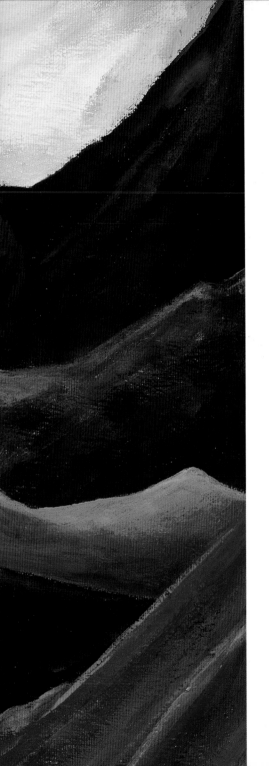

The boy ran to the goat to comfort it and set it free. And then when the goat stopped bleating, the boy noticed a different crying sound. It seemed to come from below him. He looked down deeper into the crack in the rocks and saw the girls down in the cave.

El muchacho corrió a donde estaba la cabra para calmarla y soltarle la pata. Cuando la cabra dejó de balar, el muchacho escuchó un lloriqueo que parecía salir de más abajo. Se asomó por la rendija y vio a las niñas allí abajo en la cueva.

The boy shouted, "What are you doing down there?"

The girls looked up and pleaded, "El Cucuy has us here in his cave. Please, help us out."

The boy took off his jacket to lower to the girls like a rope. He helped them climb up out of the cave and then stumble down the mountain to where the herd of goats was waiting. The boy put the girls on his burro and started down the winding path to the valley.

El muchacho gritó: —¡Eh! ¿Qué andan haciendo ahí abajo?

Las niñas voltearon asombradas y pidieron: —¡Por favor! Sácanos de aquí. El Cucuy nos tiene encerradas en su cueva.

El muchacho se quitó la chamarra y usándola como una cuerda alcanzó una manga a las hermanitas. Las ayudó a trepar de la cueva y luego a caminar tambaleándose cuesta abajo hasta donde el rebaño esperaba. El muchacho acomodó a las niñas en el burro y se fue rumbo al valle por la vereda retorcida.

They had hardly started when they met up with the girls' father and little sister coming up the mountain to look for them.

The girls jumped to the ground and ran crying to their father. He ran up the trail to meet them, and so did their little sister. They all hugged each other. And the girls said to their father, "Please, please, don't ever call el Cucuy on us again."

Apenas se habían encaminado cuando se toparon con el papá y con la hermanita que subían a buscarlas.

Las niñas saltaron del burro y corrieron llorando hacia su padre. El papá y la hermanita corrieron a encontrarlas y ahí se quedaron un gran rato abrazándose. Las niñas le dijeron a su padre:

—Te lo rogamos, papá. No vuelvas a llamar al Cucuy.

And he never did. He never had any reason to. From that day on those two girls were the most polite and helpful girls living in that little town. They grew up and got married and had children of their own, and in time grandchildren, and great-grandchildren, and great-great-grandchildren.

Y nunca lo hizo. Pues, nunca le dieron por qué hacerlo. Desde aquel día, esas dos traviesas se convirtieron en las niñas más trabajadoras y mejor educadas del pueblo. Crecieron y se casaron y tuvieron sus propios hijos y a su vez nietos y bisnietos y tataranietos.

And even today if you go to that town, you'll see some children who are very tidy and polite to everyone. You can ask the people, "Who are those nice children?"

They'll tell you, "Those are the great-great-grandchildren of two girls who were carried away by el Cucuy once a long, long time ago."

Y todavía hoy, si tú vas a ese pueblo, vas a ver a unos niños muy aseados y corteses y muy amables con toda la gente. Si acaso preguntas, "¿Quiénes son esos niños tan simpáticos?", seguramente te van a responder: "Son los tataranietos de dos hermanas que se llevó el Cucuy hace muchos, muchos años."

Note to Readers and Storytellers

INDEED, who hasn't heard of el Cucuy? Can anyone grow up without hearing at least one teasing reference to the bogeyman? Whatever his name, he is probably the most universal figure in folklore.

Along with La Llorona, el Cucuy is very familiar to Mexican children and to Spanish speakers throughout the American Southwest. He is even more widely known by the name of el Coco or el Cuco. References to him appear as early as the sixteenth century in Spain, and some even claim that the coconut (el coco) was so named by Spanish explorers because the three round indentations resembling eyes and a nose on the shaggy brown fruit reminded them of a bogeyman.

In the Southwest, however, el Cucuy is the preferred name, perhaps because, in addition to meaning coconut, and figuratively one's head, *un coco* is also a little child's word for a minor injury—like the word boo-boo in English.

If the children hear of a spook named el Coco, it's only when they are very young. When they are older and need a firmer hand to guide them, they are introduced to el Cucuy. The name has a much more ominous, mysterious quality to it. It reminds me of the strange hooting noise masked dancers sometimes emit at the Indian pueblos in New Mexico, and I suspect the name bears the stamp of some indigenous language. On the other hand, Rubén Cobos, the great scholar of Southwestern folklore and language, sees it as an amalgam of *coco* and the startled expression: ¡Uy!

It seems as though the invocation of the bogeyman was at one time a standard part of child rearing in almost every culture. There are many, many stories of lazy, disobedient children whose feet are set back on the straight and narrow path by an encounter with the local ogre, and I've offered a fairly standard version. I've combined things I've heard from many different friends and acquaintances down through the years with details from my own imagination. The old stories, especially the cautionary ones, can seem rather brutal when viewed in the light of contemporary sensitivities, and although I've softened this telling somewhat, in the interest of authenticity I've kept it a bit harsh. Fortunately, as do most of the good old stories, it has a happy ending!

—*Joe Hayes*

Cinco Puntos Press

Visit us at
www.cincopuntos.com
or call 1-800-566-9072

Cover design, book design, and typesetting by
Vicki Trego Hill of El Paso, Texas.

Special thanks to intern Jonathan Gonzales, and to Teresa Mlawar, María Cristina López, Sharon Franco, and Honorio Robledo for help with the translation. Hats off to Luana y Nico y Amalia.

FIRST EDITION 10 9 8 7

Library of Congress Cataloging-in-Publication Data.

Hayes, Joe.
   El Cucuy! : a bogeyman cuento / as told by Joe Hayes ; illustrated by Honorio Robledo.— 1st ed.
   p. cm.
   Summary: A retelling of the story of two sisters who do not obey their father and are carried off into the mountains by El Cucuy.
   ISBN-13: 978-0-938317-78-4; ISBN-10: 0-938317-78-4 (paperback)
   [1. Folklore—Mexico. 2. Spanish language materials—Bilingual.]
I. Robledo, Honorio, ill. II. Title.
PZ74.1 .H33 2001
398.2'0972'05—dc21   00-052281

PRINTED IN HONG KONG.